Glöiben - Denken - Maken

31 Saken toun Probeeden

Schriefsel un Biller - wat Evangelske in'n Lierben mol daun könn'n

31 Texte von Pfarrer Reinhard Ellsel, Ev. Kirchenkreis Lübbecke, zum Reformationsjahr und darüber hinaus

31 Übersetzungen ins Plattdeutsche von Leuten aus Ostwestfalen und Umgebung

31 inspirierende Bilder fotografiert von Angelika Böhne-Braun, Hüllhorst

Plattdütsk in de Kerken

Westfälische Arbeitsgemeinschaft

Dank

Ein herzlicher Dank geht an:

- Reinhard Ellsel für die Genehmigung, seine Texte übersetzen und veröffentlichen zu dürfen
- Angelika Böhne-Braun, ihre Bilder - auch in Ausschnitten - veröffentlichen zu dürfen
- alle Übersetzerinnen und Übersetzer
- Gerhard Heining für die Arbeit an der Schreibweise der plattdeutschen Texte
- Dietmar Pieper für die Gestaltung des Buches
- die Sparkasse Minden-Lübbecke für die finanzielle Unterstützung bei den Herstellungskosten

Impressum

Auflage:	1. Auflage, August 2017, ISBN 978-3-00-057193-0
Herausgeber:	Arbeitsgemeinschaft Plattdütsk in de Kerken in der Ev. Kirche von Westfalen, Kiskerfeld 28, 32139 Spenge
Vertrieb:	Die Mitglieder des Leitungskreises der Arbeitsgemeinschaft
	Heinz Schlüter, Spenge, 05225 / 8633355
	Wilhelm Dullweber, Levern, 05745 / 911044
	Bernhard Hagemeier, Nettelstedt, 05741 / 370242
	Helmut Möller, Hille, 05703 / 2436
	Gerhard Heining, Spenge, 05225 / 3657
	Heinrich Rust, Levern, 05745 / 300314
	Ewald Kröger, Schnathorst, 05744 / 1477
	Annegret Sudwischer, Eidinghausen, 05731 / 1546764

Druck und Bindung:	mittwalddruck&medien, Neuer Weg 5, 32339 Espelkamp

Vorwort

Am 31. Oktober 1517 löste Martin Luther mit seinen 95 Thesen gegen den Ablasshandel die Reformation aus. An dieses Datum wollen wir erinnern mit den 31 Dingen, die ein Evangelischer mal gemacht haben sollte.
Die Reformation ist für Evangelische grundlegend.
Denn sie hat mit ihren vier „Soli" die „Freiheit eines Christenmenschen" (Martin Luther) neu an den Tag gebracht:
„Solus Christus!" Allein bei Jesus Christus und durch ihn finden wir das Heil. Es gibt keine anderen Heilsvermittler, weder Kirche noch Priester, weder Papst noch Heilige.
„Sola gratia!" Allein aus Gnade sind wir Gottes Kinder, unverdient.
„Sola fide!" Allein der Glaube rettet. Weder fromme „Werke" noch irgendwelche Guttaten versöhnen uns mit Gott. Sie sind allerdings als „Früchte" eine Folge des Glaubens.
Und schließlich: „Sola scriptura!" Allein die Schrift, die Bibel als Wort Gottes, soll Grundlage des christlichen Glaubens sein.
So sind die 31 Vorschläge, die wir hier machen, natürlich kein moderner „Ablass".
Auch reden wir hier keiner „Werkgerechtigkeit" das Wort.
Unsere 31 Anregungen laden ein zu einer Entdeckungsreise: So reich ist unser christlicher Glaube. Unsere 31 Tipps sind mit einem Augenzwinkern versehen. (Siehe auch die Fotos der Autorinnen und Autoren.) Sie kommen also nicht mit einem schulmeisterlichen Zeigefinger daher, sondern stehen alle unter dem Vorzeichen der vier „Soli" und sind in aller Freiheit auszuführen. Wir wünschen dabei viel Freude! Die Liste ist unvollständig und kann nach Geschmack erweitert werden.

Wir sind Gottes Werk, geschaffen in Christus Jesus zu guten Werken,
die Gott zuvor bereitet hat, dass wir darin wandeln sollen. (Epheser 2,19)

Reinhard Ellsel

HERR, mein Gott, erneuere Deine Kirche
und fange damit bei mir an.
Zu Dir will ich immer wieder zurück kehren.
Denn auf diese Weise gehst Du mit mir voran.
Den Tag beginne ich mit dem Lesen der Bibel,
wenn auch Zeitung, Radio und Fernsehen locken.
Du lässt mich couragiert von Deiner Gnade singen,
wenn auch andere auf Leistung, Geld, und Geltung setzen.
Ich gründe mein Leben auf Jesus Christus,
wenn auch viele auf sich selber bauen.
HERR, Du lässt mich im Glauben wachsen
und hilfst mir mit meinem Unglauben auf die Sprünge.
Mein Gott, lass mich viele Erfahrungen sammeln,
dass das Leben in Deiner Nachfolge glücklich, ja selig macht.

Up Fräapmer, Frotheimer, Platt van Wilhelm Dullweber

Mien leiwe Gott, mak doch diene Kerken niet

un fang dormet bi mi an.

Tau di will ik jümmern wier trügge kurm'.

Denn up düsse Oart un Wiese geihs du met vöran.

Denn Dagg fange ik met ein Wort iut de Bibel an,

wenn mi auk Zeitung, Radio und Fernsehen locket.

Du läss mi iut vuller Kehle von diene Gautheit singen,

wenn annere Minsken up Geldverdein'n, und datt sei wat sien würd, sett't.

Ik sett mien Lierbm up Jesus Christus,

wenn auk vierle meint, sei kürnt ollns iut sik süms henkriegen.

Du leiwe Gott, du läss in mi denn Glärbm gräat wern

un helpes mi met mien Unglärbm uppe Sprünge.

Mien leiwe Gott, laut mi vierl Erfahrungen sammeln,

datt mien Lierben met di und dür di glücklich un selig wet.

1

Besuche ein fremdes Gotteshaus

Du bist mit der Kirche in deiner Gemeinde vollauf zufrieden?
Wie schön!
Aber es gibt noch zigtausend andere Kirchengebäude,
neuere und steinalte,
katholische, evangelische,
freikirchliche, orthodoxe.
Wie drückt sich zum Beispiel an deinem Urlaubsort
der Glaube der dortigen Gemeinde in Stein aus?
Schau mal rein!
Es könnte ja sein, dass du hinterher
dein eigenes Gotteshaus mit neuen Augen siehst.

HERR, ich habe lieb die Stätte deines Hauses und den Ort, da deine Ehre wohnt.
(Psalm 26,8)

Up Platt van Marianne Vehring, Bad Essen-Rabber

Besoik es een frümd Gotteshus

Du büst met denn Bouwiark van de Kiarken in diene Gemeende vull un ganz toufriee?
Wat schön!
Oawwer et gif je no zigdusend annere Bouwiarke van Kiarkens,
de wat niee sünd un ganz düchtig aule, sau ault as Steens sünd,
katholske, evangelske, van Frieekiarkens, orthodoxe.
Tou'n Bispell: An diene Urlaubsstiee;
in wat un worin drücket sik de Gloow van de Gemeende
doar in de Steene van'n Kiarkenbouwiark ut?
Kiek doch mol rin!
Et könn jo sien, datt du achteran
up dien egen Gotteshus met niee Augen kiekst.

Herr, ik häf lew dei Stiee van dien'n Hus un dei Stiee, wo diene Ehre wuohnt.
(Psalm 26,8)

2

Lass dich für einen ehrenamtlichen Job einspannen

In deiner Kirchengemeinde könnte noch mehr los sein?
Schau doch mal in den Gemeindebrief
und entdecke, was bei euch schon alles statt findet.
Vielleicht willst du dich einer schon bestehenden Gruppe anschließen,
einem Chor oder einem Seniorenkreis.

Vielleicht gehst du auch einfach nur gerne spazieren.
Dann könntest du in deinem Umkreis den Gemeindebrief austragen.
Mitmachen macht mehr Spaß als bloß auf dem Sofa zu sitzen.

Jesus stieg in eins der Boote, das Simon gehörte, und bat ihn ein wenig vom Land wegzufahren.
(Lukas 5,3)

Up Niertelstier, Nettelstedter, Platt van Helga un Bernhard Hagemeier

Sett di fö diene Kekengemeinde in: Oarbaite met!

Diu mens, in diene Kekengemeinde könne mähr läas sien?
Kiek doch in juen Gemeindebraif,
dor kanns diu noalesen, wat et bi ju alles gif.
Vellichte wölls diu bi aine Gruppe mettmaken, dei et oll gif:
In'n Chor metsingen orre bi dei ölleren Lüe.
Vellichte bis diu oaber ganz geot teofeode,
dänn könns diu in diene Näaberskopp denn Gemeindebraif rümmebringen.
Up jeden Fall: Metmaken es beter orre up'm Sofa teo sitt'n.

Jesus stäch in ain van dei Boote, dat Simon gehörde, un bät öhne, ain bierten van'n Lanne wegg teo föhr'n.
(Lukas 5,3)

3

Mach mal Pause – trotz Stress

Gerade im Stress die Übersicht zu behalten, ist wichtig.
Eine kleine Verschnaufpause wirkt oft Wunder.
Dabei kannst du dir die Frage stellen,
was du wirklich tun musst - und was du auch sein lassen
oder an andere abgeben kannst.
Ganz grundsätzlich wirkt der Gedanke entlastend:
Ich muss nicht der Größte sein,
nicht der Stärkste, nicht der Klügste,
nicht der Erfolgreichste, nicht der Wichtigste.
Nur Gottes Kind.

Jesus sprach zu seinen Jüngern: Geht ihr allein an eine einsame Stätte und ruht ein wenig. Denn es waren viele, die kamen und gingen, und sie hatten nicht Zeit genug zum Essen.
(Markus 6,31)

Up Platt van Gerhard Heining, Spenge-Bardüttingdorf

Holt mol in – äok wenn't drucke es!

Just, wenn‘t drucke es, denn Kopp buaben behäolen, es wichtig.
Oin bierden Vopiußen wirket faken Wunner.
Diu kanns dui dobui de Froage stellen, wat diu würklich deon moss –
un wat diu äok gewaihern loaden oder an annere afgieben kanns.
Voaf es dui oll lichter, wenn diu denkes:
Ik mott nich de Gröttste suin,
nich de Stiarkste,
nich de Kloikste,
nich de, de upt moiste in de Sunnen sett‘t,
nich de Wichtigste.
Bläots Gott suin Kuind.

Jesus sia to suine Jüngers: Gäoht ji ollaine an aine Afecke un rässet jiu oin bierden.
Denn et woiern vierle, de kaimen un güngen, un soi hädden nich Tuit geneog ton laden.
(Markus 6,31)

4

Finde deinen Lieblingsspruch aus der Bibel

Die Bibel ist für dich ein Buch mit sieben Siegeln?
Das ist schade!
Denn in den 66 Büchern des Alten und Neuen Testaments
zeigt sich so klar wie sonst nirgends,
wie es Gott, der Vater Jesu Christi, mit uns meint.
Bestimmt hast du schon einen Taufspruch
und einen Konfirmationsspruch aus der Bibel.
Diese kannst du „kauen“ und auf dein Leben beziehen.
Findest du noch andere Bibelsprüche,
die dich besonders ansprechen?
Hier redet Gott persönlich mit dir.

Dein Wort ist meines Fußes Leuchte und ein Licht auf meinem Wege.
(Psalm 119,105)

Up Liensket, Kirchlengerner, Platt van Hoppmanns Heinz-Herbert un Rottmanns Martin

Kuik näo denn Spruch inne Buibel, denn diu an laifsten häs

Es de Buibel fo dui äok nen Beok met sieben Siegels? Dat es obber schade!
Denn in de sessensesstig Boikers van denn Äolen un denn Nuiggen Testament es süss nirgends säo kläoer darlegt, osse et Gott, de Vaar van Jesus Christus, et met us teo deon häbben will.
Dui hät se doch bui duine Doipe un bui duine Konfirmatschäon oll nen Vesk iut de Buibel met up'n Wegg gieben.
Doa häs diu wat an to „köbben". Wat doa innestaiht,
doa kanns diu di in duinen Liaben an häolen.
Häs diu noa annere Veske in duine Buibel fiunen, de dui wat sägget?
Huier ment Gott just dui!

Duin Weoert es 'ne Lüchten vo muine Foide un ain Lecht up muin'n Wiage.
(Psalm 119,105)

5

Verzichte auf ein Opfer

Ausgerechnet manche Katholiken kennen den Spruch:
„Man muss auch mal auf ein Opfer verzichten können!“
Damit haben sie die evangelische Rechtfertigungslehre verstanden.
Zumindest den Aspekt, dass du nicht Jesus bist.
Das heißt: Du brauchst dich nicht aufzuopfern, um die Welt zu retten.
Das würde auch gar nicht klappen.
Deshalb kannst du ruhigen Gewissens auch mal „Nein!“ sagen -
aus der Freiheit eines Christenmenschen (Martin Luther)

Ein jeder, wie er's sich im Herzen vorgenommen hat, nicht mit Unwillen oder aus Zwang.
(2. Korinther 9,7)

Up Gütseler, Gütersloher, Platt van Siegfried Kornfeld

Süh doavan af, di för ölls hengierben to wollen

Just unner de Katholsken gif et manige,
de et vöstoaht, wenn säggt wet:
„Du moss oawer auk doavon afseihn können, di för ölle hengierben to wollen!"
Doamedde hät se de evangelske „Rechtfertigungslehre" vöstoahn.
Tominsten denn Deel, de doa up henwieset, datt du nich sölwes Jesus bis.
Doamedde es ment: Du kanns doavan afseihn, de Welt redden to mötten.
Dat klappe so of so nich, könns maken, wat du woss.
Doarümme kanns du met gueden Gewierten auk moal „Näi!" säggen.
Düt kann m' noaliersen in Luther sien Wiärk
„Von der Freiheit eines Christenmenschen."

Een jeder, wo he et sik in'n Hiärte vürnurmen häf, nu nich met Wuierwillen odder ut Twang.
(2. Korinther 9,7)

6

Bete konkret für einen Menschen in Not

Zum Schluss eines Gottesdienstes gibt es das so genannte „Fürbittengebet“.
Da betet die Gemeinde für Menschen, die unter Hunger und Krieg leiden,
für Kranke und Einsame.
Du kannst aber natürlich auch privat um Gottes Hilfe bitten für jemanden,
dessen Not dir leid tut.
Für einen Angehörigen, für eine Arbeitskollegin, für einen Nachbarn.
Konkret für jemanden die Hände zu falten,
bringt mehr als über dessen Unglück zu lamentieren.

Betet füreinander, dass ihr gesund werdet. Des Gerechten Gebet vermag viel, wenn es ernstlich ist.
(Jakobus 5,16)

Plattdütsk van Holsen, Porta Westfalica-Holzhausen, Karl Nagel

Bähe up denn Punkt för ainen Minsken in Not

Am Enne van ainen Gottesdenst wäad dat „Gebät för olle" hoolen.
Doa bähet de Gemainde för Minsken,
de unner Hunger un Krieg liehen,
för Kranke un Voloarne.
Du kanns aber ooch ganz för di ümme Gott siene Hülpe bidden för ainen,
de di in siene Not läd döht;
för ainen Vowandten,
för aine, de met di arboit't,
för ainen Nahber.
Up denn Punkt för ainen de Hänne te falten wirket mähr,
ols üower denn sien Mallör te klagen.

Bähet förainanner, datt ji gesund wäad. Dat Gebät van ainen, de recht denket, kann viel, wenn et ernst ment es.
(Jakobus 5,16)

7

Wer da kärglich sät, der wird auch kärglich ernten;
und wer da sät im Segen, der wird auch ernten im Segen.
Einen fröhlichen Geber hat Gott lieb.
(2. Korinther 9,6.7)

Mach eine großzügige Spende

Natürlich gibt es viel zu viel Elend auf der Welt.
Und man weiß gar nicht, wo man anfangen soll mit Helfen.
Aber bestimmt gibt es eine ganz konkrete Not, die dich berührt.
Vielleicht kennst du sogar persönlich Menschen,
die sich für die Linderung einer Not einsetzen.
Da hilf mit deiner gezielten Gabe.
Und greif dabei ruhig mal tief in die Tasche.
Du wirst erleben, deine Gabe macht nicht nur den Empfänger, sondern auch dich selber froh.

Up Platt van Margret Möller (Alt-Espelkamp)

Make eine gräote Spende

Up dei Welt gif et gräote Näot un vierl Elend.
Man wait goar nich, wo man mit dei Hülpe anfangen scholl.
Oawer et gif bestimmt Näotlagen, de in dien Hatte goaht.
Diu kinns sierker Minsken, dei hier helpet.
Doadür weiß diu, datt diene Spende an dei richtigen Stiee ankump.
Doarümme grippe deipe in diene Tasken un spendiere onnik wat.
Dat Glücke kump achterher dubbelt trügge.
Ainmal bi denn, denn diu dei Näot lindert häs, un bi di sülms,
diu froies di, datt diu nich so kniggerig wörs.

Wer mager saiet, werd mager arnten, un wer im Segen saiet, de werd Segen inföhren.
Gott häf denn freohen Gieber leif.
(2. Korinther 9,6.7)

8

Weil wir eine solche Wolke von Zeugen um uns haben,
lasst uns laufen mit Geduld in dem Kampf, der uns bestimmt ist,
und aufsehen zu Jesus, dem Anfänger und Vollender des Glaubens.
(Hebräer 12,1.2)

Lies eine christiche Biographie

Dietrich Bonhoeffer oder Friedrich von Bodelschwingh
die Liste von interessanten christlichen Persönlichkeiten ist riesig.
Viele Frauen sind darunter.
Natürlich nicht nur Mutter Theresa oder Katharina von Bora.
Wie haben diese unter den Bedingungen ihrer Zeit den Glauben an Jesus Christus gelebt?
Nimm und lies!
Du wirst manche Entdeckung machen:
Herausfordernd, tröstend und ermutigend für deinen besonderen Weg als Christenmensch.

Up Hiller Platt van Reols Helmut (Helmut Möller)

Less moal iut dehen Lierben van Christenminsken!

Dietrich Bonhoeffer orre Friedrich von Bodelschwingh – de Riege van Minsken,
de van Gott wat teo säggen häbb, es ganz graut.
Vierle Wieber gif et doarbiehe.
Nich blaus Moime Theresa orre Katharina von Bora.
Wie häbb düsse daumoals dehen Glöaben an Jesus Christus lierbet?
Nimm di moal 'n Beok ober öhe un less di dat dühe!
Diu wärs vierl Naaies gewoahr wähen.
Dat förret di riut un tröastet di un gif naaien Meot
für dienen besonneren Wegg ols Christenminsken.

Sai ullteohaupe künnt dat betügen, sai sind wie eine Wulken ümme us teo.
Un niu moakt gi geo flott up dehen Wegg, un sied gedüllig in ulle dehen, wat us updregen es teo deon.
Kiekt up Jesus, hai häf sik up Gott veloarten un ulles teo Enne brocht. Dat künn gi drieste glöaben.
(Hebräer 12,1.2)

9

Gib es zu, wenn du einen Fehler gemacht hast

Kein Mensch ist perfekt.
Das weiß jede und jeder.
Trotzdem fällt es vielen schwer,
„Entschuldigung" zu sagen.
Gehörst du auch dazu?
Warum?
Fürchtest du um deine „weiße Weste"?
Dass du mal „kleckerst", kann passieren.
Richtig peinlich wird es doch erst,
wenn du behauptest:
„Ich habe alles richtig gemacht!"
Und jeder sieht den Fleck.
Das Miteinander ist vergiftet.
Wer könnte das wohl ändern, wenn nicht du?

Wenn wir sagen, wir haben kein Sünde, so betrügen wir uns selbst, und die Wahrheit ist nicht in uns.
(1. Johannes 1,8)

Up Braukhiarger Platt van Wilken un Renate Ordelheide, Steinhagen-Brockhagen

Gif et tau, wenn du nen Faihler maket häs

Koin Minske maket ollet recht!

Dat wait jaide un jaider.

Oawwer et fällt vierle Minsken schwoar „Et doit mi laid“ tau saiggen.

Haierst diu auk doatau?

Worümme?

Es duine witten Weste in Gefoahr?

Datt diu moal kleckern dois, kann passaiern.

Irgerlik werd et, wenn män sik wichtig maket un sägg: „Ik häbbe ümmer ollet richtig maket!“

Un jaider suüht denn Plecken.

Dat Met‘naine es vodurben. Wecker könne dat woll ännern, wenn nich diu?

Wenn wui saigget, wui hät koine Sünne, sau bedraiget wui us sümst, un de Woahrhait es nich in us.
(1. Johannes 1,8)

10

Bitte um Hilfe, wenn du etwas alleine nicht schaffst

Täglich stoße ich an meine Grenzen.
Dann frage ich meine Frau oder ich greife zum Telefon.
Warum soll ich das nicht auch so machen,
wenn ich einen Kummer habe?
Kämst du im Normalfall etwa auf die Idee,
dass du dir deinen entzündeten Blinddarm
selbst heraus operieren könntest?
Deshalb fällt dir natürlich auch kein „Zacken aus der Krone",
wenn du dich zum Beispiel in einer Ehekrise nach professioneller Hilfe umsiehst.

Als Petrus aber den starken Wind sah, erschrak er und begann zu sinken und schrie: Herr, hilf mir!
(Matthäus 14,30)

Up Fräapmer, Frotheimer, Platt van Wilhelm Dullweber

Frauge ümme Hülpe, wenn du olleene nich kloar kumms

Jeden Dagg kummp man irgendwo an siene Grenzen.
Gaut, datt ik ein Fruminsch häwwe,
dat mi helpm kann odder ik kann denn ein odder annern anraupm,
dorfö gif et jä dat Telefon.
Worümme kann ik dat denn nich auk maken, wenn ik bedräuwet bin?
Wenn du ne Blinddarmentzündung häs,
kummps du denn up denn Gedanken, denn operie ik mi süms rut?
Dat geiht woll nich! Dor geihs du met naun Dokter int Krankenhus.
Dor fallt ein' doch kein „Zacken ut de Krone" sägg de Tahndokter.
Un wenn et in'n Huse odder in'e Ehe knispelt un man nich meteinanner kloar kummp,
worümme schall man sik dor nich auk no ne Hülpe ümmekieken un helpm lautn?

Os Petrus denn starken Wiend up sik tau kurm' soich,
vejagere hei sik un föng an ünne tau gohn un schraiere: Herr, help mi!
(Matthäus 14,30)

11

Paulus schreibt an die Gemeinde in Rom: Mich verlangt danach, euch zu sehen, damit ich zusammen mit euch getröstet werde durch euren und meinen Glauben, den wir miteinander haben.
(Römer 1,11.12)

Lerne eine fremde Gemeinde kennen

Du suchst die perfekte Gemeinde?
Die wirst du nirgends finden.
Aber natürlich erweitert ein Blick über den Tellerrand
deiner eigenen Kirchengemeinde hinaus deinen Horizont.
Vor welchen Herausforderungen stehen die Christen in einer ostdeutschen Gemeinde?
Welchen Schwerpunkt setzt deine katholische Nachbargemeinde?
Wie ticken Christen, die einer Freikirche angehören?
Du wirst sehen:
Gottes Lieblingsfarbe ist bunt.

Up Mennghüffer Platt van Margret Nesenhöner, Löhne-Mennighüffen

Make dui in oine früomde Gemoinde Kunnig

Diu söchst de perfekte Gemoinde?

De waierst diu nich fuinen.

Oaber et es geot, sik mol woanners ümmeteokuiken.

Man laiert jümmer neo doteo.

Woamette deot sik de Christen oiner Gemoinde vanner ehemoaligen DDR schwoar?

Wat es fo duine katholske Noabergemoinde an wichtigsten?

Wie gött et bui denn Christen in oiner Fruikärken teo?

Diu wärst soihen, Gott hät et an loibesten bunt.

Paulus schrift an de Gemoinde in Rom: Et volanget mui donoa, jiu teo soihen,
domedde ek mit jiu tröstet waier duüer jiuen un muinen Gläoben, denn wui teohäope hät.
(Römer 1,11.12)

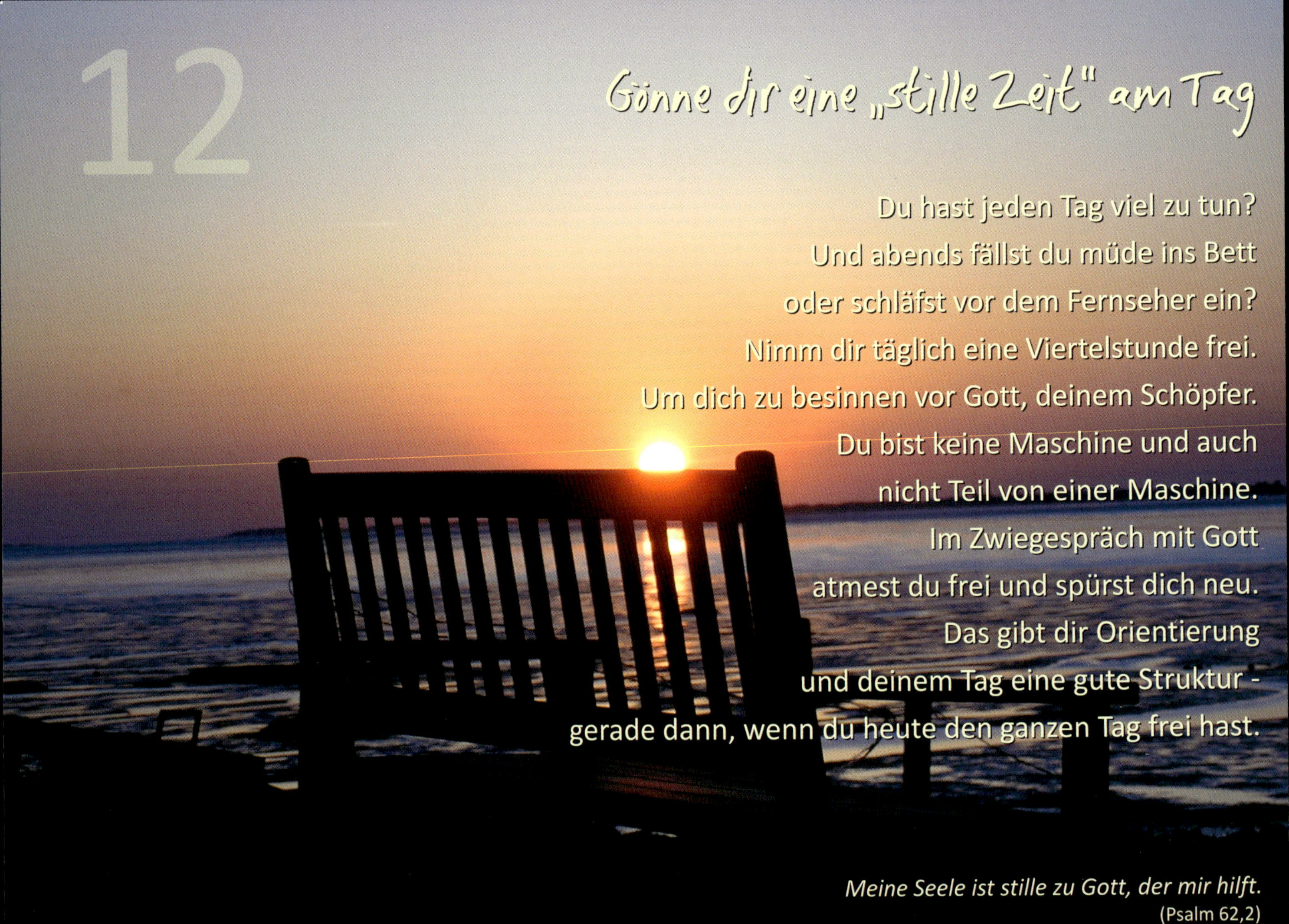

12

Gönne dir eine „stille Zeit" am Tag

Du hast jeden Tag viel zu tun?
Und abends fällst du müde ins Bett
oder schläfst vor dem Fernseher ein?
Nimm dir täglich eine Viertelstunde frei.
Um dich zu besinnen vor Gott, deinem Schöpfer.
Du bist keine Maschine und auch
nicht Teil von einer Maschine.
Im Zwiegespräch mit Gott
atmest du frei und spürst dich neu.
Das gibt dir Orientierung
und deinem Tag eine gute Struktur -
gerade dann, wenn du heute den ganzen Tag frei hast.

Meine Seele ist stille zu Gott, der mir hilft.
(Psalm 62,2)

Up Ränghiuser Platt van Magdalena Obrock, Rödinghausen

Günne dui eine stille Tuit annen Dage

Diu häs jaiden Dagg masse teo don?
Un oams fälls diu moie int Bedde
oder schlöps vor de Flimmerkissen in?
Nimm dui jaiden Dagg ‘ne Verdelstunne frui,
ümme dui teo besinnen vor Gott, duinen Schöpfer.
Diu bis kaine Maschuinen un äok
nin Dail van ‘ne Maschuinen.
In de Twuisproake met Gott
oahms diu frui un spuüers dui nui.
Dänn kanns diu dui affentuüern un duinen Dagg ‘ne goe Stuiwigkait gierben,
guste dänn, wenn diu vandage denn ganzen Dagg frui häs.

Muine Siale es stille vor Gott, de mui helpet.
(Psalm 62,2)

13

Diskutiere mit anderen über deinen Glauben

Ärgert es dich auch, wenn Bekannte oder Verwandte
den christlichen Glauben verächtlich machen?
Nicht immer, aber manchmal lohnt es sich,
wenn du da „Farbe bekennst".
Wenn du sachlich sagst, was dir dein Glaube bedeutet.
Manches Gespräch bekommt dadurch eine andere Wendung.
Denn andere, die erst zu schüchtern waren,
stehen nun auch für ihren Glauben ein.
Und mancher Kritiker wird nachdenklich.

*Paulus redete zu den Juden und den Gottesfürchtigen in der Synagoge
und täglich auf dem Markt zu denen, die sich einfanden.
Einige Philosophen aber, Epikureer und Stoiker, stritten mit ihm.*
(Apostelgeschichte 17,17)

Up Südhemmer Platt van Hermann Peithmann, Hille-Südhemmern

Kür mit dern annern oaber dienen Globen

Ärgert di dat ook, wenn Bekannte orre Vewandte
dern christlichen Globen mit Foiten trät?
Nich gümmer, oaber ollhanten lohnt et sik,
wenn du dänn moal ut di rutkumms
un dern wat van dienen Globen vetells
un wat hai in dienen Lierben bedutt.
Danoah kann man dänn foaken berter mittenanner kürn.
Denn de, de sik aas trügge hoolt,
stoaht dänn ook für öhren aigenen Globen in.
Un de annern, de doa aas nix van wierten würt,
fanget an doa oaber noah tau denken.

Paulus vetellde in de Synagoge dern Juden un dern Griechen, de düssen Globen oll annoahmen han, van sienen Globen. Dat moakere hai ook up dern Moarktplatz tau de Lüür, de doa Dagg für Dagg tehope kaimen. Et würn oaber ook en Poar Philosophen, Epikurer un Stoiker doabie, de sik mit öhne oaber dat, wat hai sä, utenanner setten.
(Apostelgeschichte 17,17)

14

Seid dankbar in allen Dingen.
(1. Thessalonicher 5,18)

Sage Danke!

„Und was sagt man?!“
Vielleicht hat es auch dich als Kind genervt,
wenn dich Erwachsene so zur Dankbarkeit angehalten haben.
Ich fand es irgendwie peinlich.
Trotzdem haben sie mir damit etwas Wichtiges beigebracht:
Keine Wohltat ist selbstverständlich.
Längst sage ich einem, der mir geholfen hat, gerne „Danke!“
Und immer wieder auch Gott.
Denn Danken schützt vor Wanken. Und Loben zieht nach oben.

Up Platt van Heinrich Rust, Levern

Sägge „Danke!"

„Un wat sägg man?!"
Vollichte es et di os Kiend schon twas rünnergauhn,
wenn groute Lüer di sou toue Dankborkeit anhoulen häbbet.
Ik häbbe et gümme fo schenierlich houlen.
Vandage weit ik, datt sei mi domet ouk wat van Belang bibröcht hät.
Niks, wat gout döit, kummp van süms!
Schon lange sägge ik tou einen, dei mi hulpen hät, gäden „Danke"!
Un datsülbe sägge ik ouk gümme wier tou Gott.
Jau, Danken bewohrt us vo Wanken. Un Loben tüht nau boben!

Bedanket ju fo olles!
(1. Thessalonicher 5,18)

15

Schreibe deinen persönlichen Ernte-Dank-Zettel

Zu Beginn des Herbstes feiern die Evangelischen das Erntedankfest.
Sie sagen Gott „Danke!“ für all die Früchte,
die sie auf Feldern und in Gärten,
von Bäumen und Sträuchern geerntet haben.
Dabei denken sie auch an all das,
was sie darüber hinaus „geerntet“
haben im vergangenen Jahr:
Einkommen und Gesundheit,
Freundschaft und Lebensfreude.
Schreib mal keinen Wunschzettel,
sondern einen Ernte-Dank-Zettel an Gott.

Alles, was Gott geschaffen hat, ist gut, und nichts ist verwerflich,
was mit Danksagung empfangen wird;
denn es wird geheiligt durch das Wort Gottes und Gebet.
(1. Timotheus 4,4.5)

Up Ströher Platt van Romy Hackmann, Pr. Ströhen

Schrief dienen Ernte-Dank-Zettel nur för di

In'n Hafst fiert wi dat Erntedankfest.
Däi Lüe danket Gott för däi Arnt von'n Lanne
un för dat Obst von use Böme un Strüske.
Oawer wi bedanket us uk bi Gott för use Gesundheit
un för use Frünne un datt wi in ainen Land läivt,
wo et us olle gaut gaiht.
Schrief doch moal kainen Zettel mit diene Wünske;
schrief doch moal ainen Ernte-Dank-Zettel
an usen Gott!

Olles, wat Gott maket häf, es gaut, un niks es schlecht, wat met Dankesäggen kriergen wet;
denn et wet hillig düer Biarn un Gott sien Woot.
(1. Timotheus 4,4.5)

16

Handle einmal wieder wie ein Kind

Mal doch mal ein schönes Bild mit bunten Farben.
So wie früher.
Ein Haus, eine Wiese mit Blumen,
ein blauer Himmel, Wolken und eine strahlende Sonne.
Und fröhliche Menschen.
Kannst du das noch?
Male die unbeschwerte Freude, die das Leben schenkt;
ein Leben, das sich aus dem Urvertrauen speist,
dass es einen liebenden Gott gibt, der es umfassend gut meint.
In dieser Geborgenheit zu leben, ist weder naiv noch kindisch.

Jesus Christus spricht: Wer das Reich Gottes nicht empfängt wie ein Kind, der wird nicht hineinkommen.
(Markus 10,15)

Schlüppm Werner (Werner Schlüppmann), Platt van'n Kölkebrauke, Halle-Kölkebeck

Sui mol wier oin Kuind

Moal doch mol oin schönet Beld met bunten Farwen.
Sau os süss.
Oin Hus, oine Wisk met Bläomen,
oinen blauen Hiermel, Wolken un oine stroahlende Sunnen.
Un fröhlicke Minsken.
Kanns diu dat no?
Moale de unbeschwerlicke Froide, de dat Lierben schenkt;
oin Lierben, dat sik iut denn Urvotruwwen spuist,
datt et oinen Gott vull Loiwde gif, de et iawer olle Moaden geot ment.
In düsse Gebuargenhoit to lierben, es nich naiv un auk nich kuindsmoade!

Jesus Christus sägg: De dat Gottesruik nich säo an sik nimmt os ein lütket Kuind, de kümmt doa nich in.
(Markus 10,15)

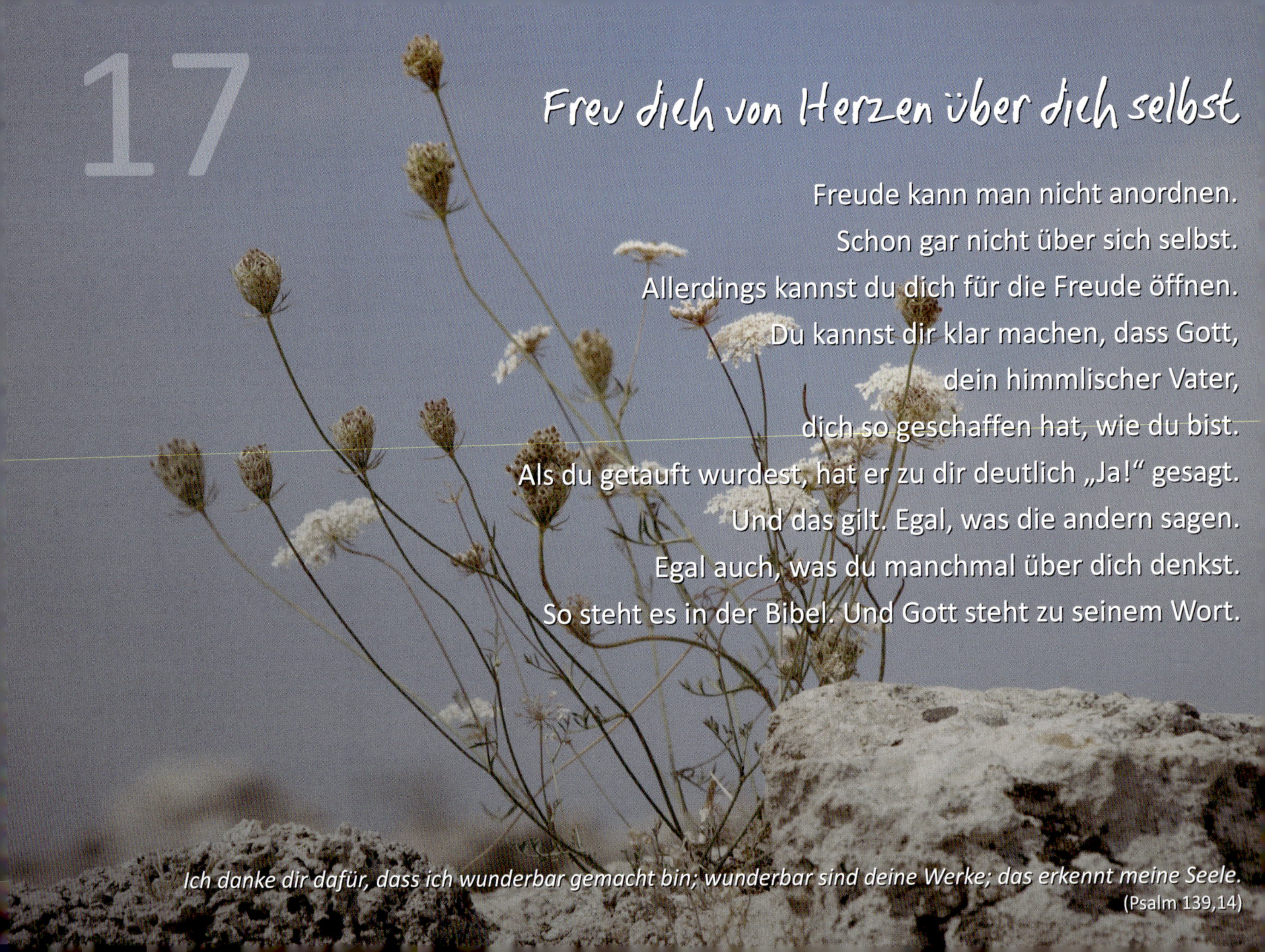

17

Freu dich von Herzen über dich selbst

Freude kann man nicht anordnen.
Schon gar nicht über sich selbst.
Allerdings kannst du dich für die Freude öffnen.
Du kannst dir klar machen, dass Gott,
dein himmlischer Vater,
dich so geschaffen hat, wie du bist.
Als du getauft wurdest, hat er zu dir deutlich „Ja!“ gesagt.
Und das gilt. Egal, was die andern sagen.
Egal auch, was du manchmal über dich denkst.
So steht es in der Bibel. Und Gott steht zu seinem Wort.

Ich danke dir dafür, dass ich wunderbar gemacht bin; wunderbar sind deine Werke; das erkennt meine Seele.
(Psalm 139,14)

Up Fabbenstier (Fabbenstedter) Platt van Heinz Schlüter

Froi di van Hatten üawer di süms

Froide kann man nich voschrieben.
Schon gor nich üawer sik süms.
Ower diu kanns dei Dür van dienen Hatte upmaken fo dei Froide.
Diu kanns di klor maken, datt Gott,
dien Voa in'n Himmel, di sau maket häf, wie diu bis.
Os diu däupet wurs, häf hei dütlik „Jau!" säggt.
Un dat tellt. Egal wat dei annern sägget.
Egal, auk wat diu manchet Moal üawer di süms denkes.
Sau steiht et in'e Bibel! Un Gott steiht teo sienen Wort.

Ik danke di dofo, datt ik wunnerbor maket bin; Wunnerbor sind diene Wiärke; dat erkinnt miene Sierle.
(Psalm 139,14)

18

Lach mal über dich selbst

Du hast schon lange nichts mehr zu lachen gehabt?
Na, dann schau dir im Spiegel mal ruhig ins Gesicht.
Nicht kritisch oder verzweifelt,
sondern wohlwollend.
Denn du bist von Gott geliebt.
Du, ja du!
Trotz all deiner Macken!
Vielleicht musst du schmunzeln,
weil du schon wieder deine Brille verlegt hast.
Vielleicht schüttelst du den Kopf, weil du eine Sache zu verbohrt gesehen hast.
Lach dich trotzdem an. Aber lach dich nicht aus!

Selig sind, die da geistlich arm sind; denn ihrer ist das Himmelreich.
(Matthäus 5,3)

Up Borgholser, Borgholzhauser, Platt van Arnold Weßling

Gnaise mol üower dui süms

Ton Froiggen un Lachen häs diu oll lange niks mähr hat?
Na, dänn kuik dui in'n Spoigel mol in olle Riuh int Gesichte.
Nich ümme Faihler to soiken oder votwuiwelt,
sonnern met Anniehrmen un Tofriarsuin.
Gott hät dui laif.
Jau, just dui!
Girgen olle duine Nücke!
Villichte moss diu gnaisen,
wuil diu oll wuier duinen Brill voleggt häs.
Villichte schüttkopps diu, wuil diu di in ainen Wegg faste laupen häs.
Lache dui trotzdem an. Oawwer lache dui nich iut!

Sialig send, de met liege Hänne bui Gott vo de Duüer stäoht; üahr hoiert dat Hiermelruik.
(Matthäus 5,3)

19

Lass dir von Gott eine Schuld vergeben

Vor Gott kannst du nicht Versteck spielen.
Du brauchst es aber auch nicht.
Gott richtet dich nicht zu Grunde,
wenn du gegen seine Gebote verstoßen hast,
sondern er richtet dich auf und neu aus.
Bekenne ihm rückhaltlos deine Schuld.
Bitte ihn um Vergebung und um die Kraft,
den Schaden so weit wie möglich zu bereinigen.
Ja, Gott vergibt und schenkt dir einen Neuanfang.
Du wirst sehen: Wie gut, dass du nicht Versteck gespielt hast!

Wenn wir unsre Sünden bekennen, so ist er treu und gerecht,
dass er uns die Sünden vergibt und reinigt uns von aller Ungerechtigkeit.
(1. Johannes 1,9)

Up Platt van Elly Wübbeler, Wittlage

Lott di van Gott ene Schuld vogieben

Vo Gott kanns du di nich vostiäken.
Dat brukes du oawwer auk nich.
Gott lött di nich in de Däipte fallen,
wenn du giegen siene Gebote liewet häs,
nai, he büert di we up un stüert di up enen niehen Patt.
Bekinne em diene Schuld ohne wat achter denn Biärg to haulen.
Bitte enne, di to vogieben un üm de Kraft,
we gout to maken, wat iam möglik es.
Gott vogif un wieset di auk, wo du we nie anfangen kanns.
Du schass säihn, wo gout et es, sik nich vo Gott to vostiaken.

Wenn wi use Sünden bekinnt, denn es he trü un gerecht,
sodatt he us de Sünden vogif un us frie maket van olle use Ungerechtigkäit.
(1. Johannes 1,9)

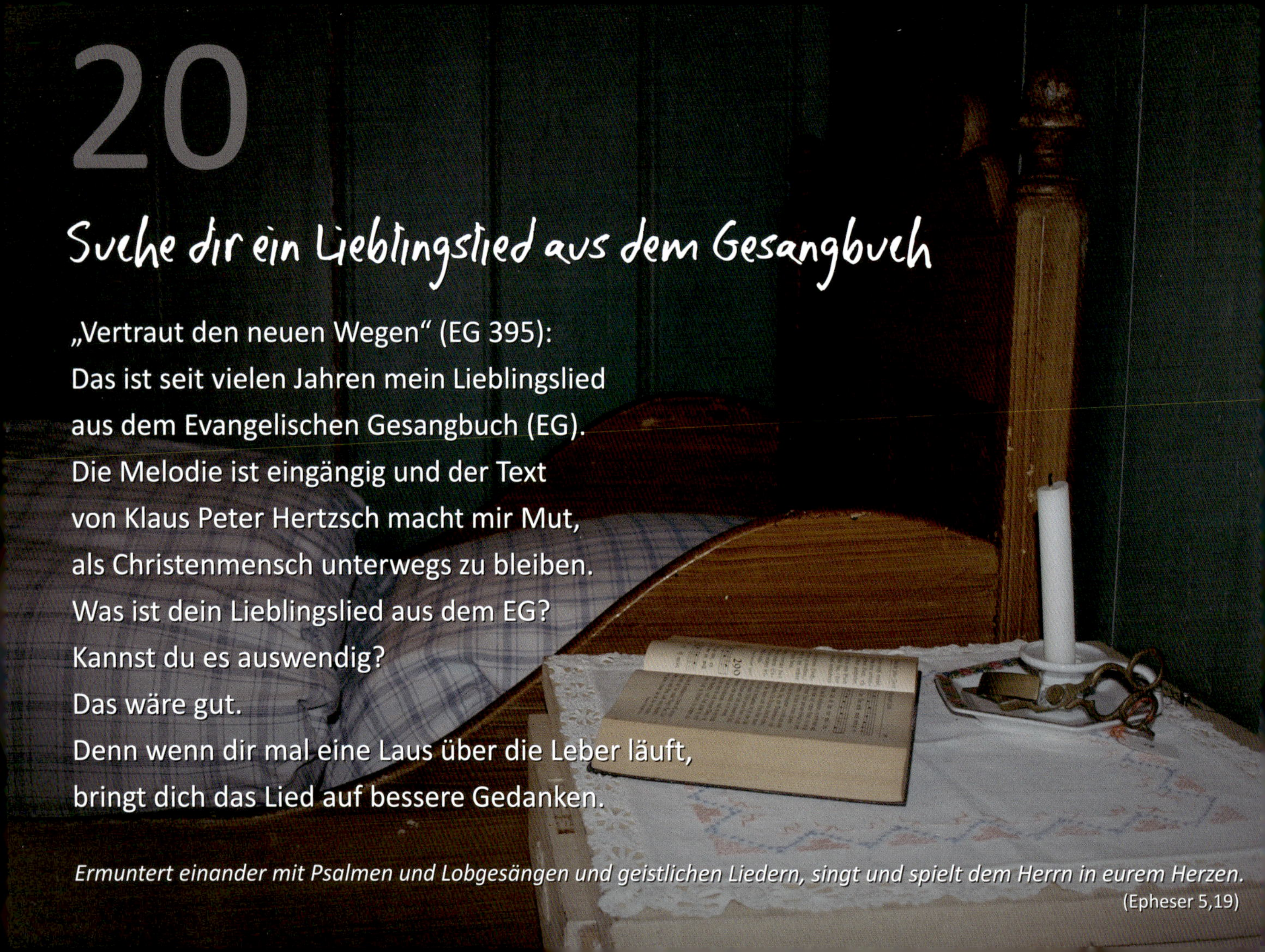

20

Suche dir ein Lieblingslied aus dem Gesangbuch

„Vertraut den neuen Wegen“ (EG 395):
Das ist seit vielen Jahren mein Lieblingslied
aus dem Evangelischen Gesangbuch (EG).
Die Melodie ist eingängig und der Text
von Klaus Peter Hertzsch macht mir Mut,
als Christenmensch unterwegs zu bleiben.
Was ist dein Lieblingslied aus dem EG?
Kannst du es auswendig?
Das wäre gut.
Denn wenn dir mal eine Laus über die Leber läuft,
bringt dich das Lied auf bessere Gedanken.

Ermuntert einander mit Psalmen und Lobgesängen und geistlichen Liedern, singt und spielt dem Herrn in eurem Herzen.
(Epheser 5,19)

Up Eidingser, B.O.-Eidinghauser, Platt van Dieter Büssing

Soike di oin Loid iut denn Gesangbäouke, dat dui besonners geot gefällt

„Vatriut denn nuien Wegen" (EG 395):
Dat es suit vielen Johrs muin laifstet
Loid iut denn Evangelsken Gesangbäoke (EG).
De Melodie es ingängig un de Text
von Klaus Peter Hertzsch maket mui Meot,
os Christenminske unnerweges teo bluiben.
Wat es duin laifstet Loid iut denn EG?
Kannst diu et iutwennig?
Dat wör gäout.
Denn wenn dui mol oine Lius ober de Liebern löppt,
bringt di dat Loid up betere Gedanken.

Upmuntert oinanner met Psalmen un Lofgesänge un goistliche Loider, singt un spierlt denn Herrn in jiun Harten.
(Epheser 5,19)

21

Mach einem Menschen, der nicht damit rechnet, eine Freude

Wenn alle an sich selber denken, ist längst noch nicht an jeden gedacht.
Du spürst es selbst: Mein Herz wird nicht richtig satt,
wenn es nur das bekommt, was es verdient.
Eine kleine Freude außer der Reihe,
das macht glücklich.
Und nun:
Wem begegnest du in nächster Zeit,
dem du mal was Nettes tun oder sagen kannst?
Einfach so und ohne Hintergedanken.
Einfach, weil Gottes Sonne in deinem Herzen scheint.

Ich bin aber hoch erfreut in dem Herrn, dass ihr wieder eifrig geworden seid, für mich zu sorgen.
(Philipper 4,10)

Up Hiller Platt van Kroiges Ewald (Ewald Kröger)

Moake en Minsken, de nich doamiehe reket, ne Froide

Wenn ulle an sik süms denket, es längest nich an gederainen dacht.
Diu meerkes dat süms: Mien Haarte werd nich recht satt,
wenn et nur dat krigg, wat et vedaint.
Ne lütke Froide iuter de Riege, dat es Glücke für di un mi.
Un niu: Wer kummp di inne nächsten Tiet inne Moite,
den diu moal wat Fainet deon orre säggen kanns?
Ainfach sau, ohne Gedanken van achte rümme.
Ainfach, wail iusen Herrgott siene Sünne in dienen Haarte schinnt.

Ek oabe, os iusen Herrgott sien Kiend, bin onnink frauh, datt gi wiehe fliedig wuen sind, für mi teo sorgen.
(Philipper 4,10)

22

Nimm dir Zeit für das Gebet

Wenn du betest, nimmt sich dein Schöpfer Zeit für dich.
Der, der die Welt geschaffen hat – und auch dich.
Der dich so gut kennt wie sonst niemand.
Der es immer gut mit dir meint.
Wie einem Freund kannst du ihm alles erzählen,
was du auf dem Herzen hast.
An Kummer und Sorgen,
aber auch an Freude und Plänen.
Gott, dein Vater, weiß gute Wege für dich.
Bete!
Sinnvoller kannst du deine Zeit nicht nutzen.

Und am Morgen, noch vor Tage, stand Jesus auf und ging hinaus. Und er ging an eine einsame Stätte und betete dort.
(Markus 1,35)

Up Nordhemmer Platt van Lisa Krudup

Nimm di Tiet for dat Gebet

Wenn du berst, nimmt sik dien Schöpfer Tiet for di.
De, de de Welt schaffet hät- un ok di.
De di kinnt wie süss kainer.
De et gümmer gaut mit di maint.
Wie ainen Fründ konnst du öhrn olles vertellen,
wat du up dienen Hatten häst.
An Kummer un Sorgen, oawer ok an Froide un
wat du süss no moaken wutt.
Gott, dien Vatter, wait gaue Wege for di.
Berter konnst du diene Tiet nich taubringen.

Un an'n Morgen, no vor Doage, stünd Jesus up un güng no buten. Un Jesus güng an eine wüste Stiee un berde.
(Markus 1,35)

23

Lass mich am Morgen hören deine Gnade, denn ich hoffe auf dich.
Lehre mich tun nach deinem Wohlgefallen,
denn du bist mein Gott; dein guter Geist führe mich auf ebener Bahn.
(Psalm 143,8.10)

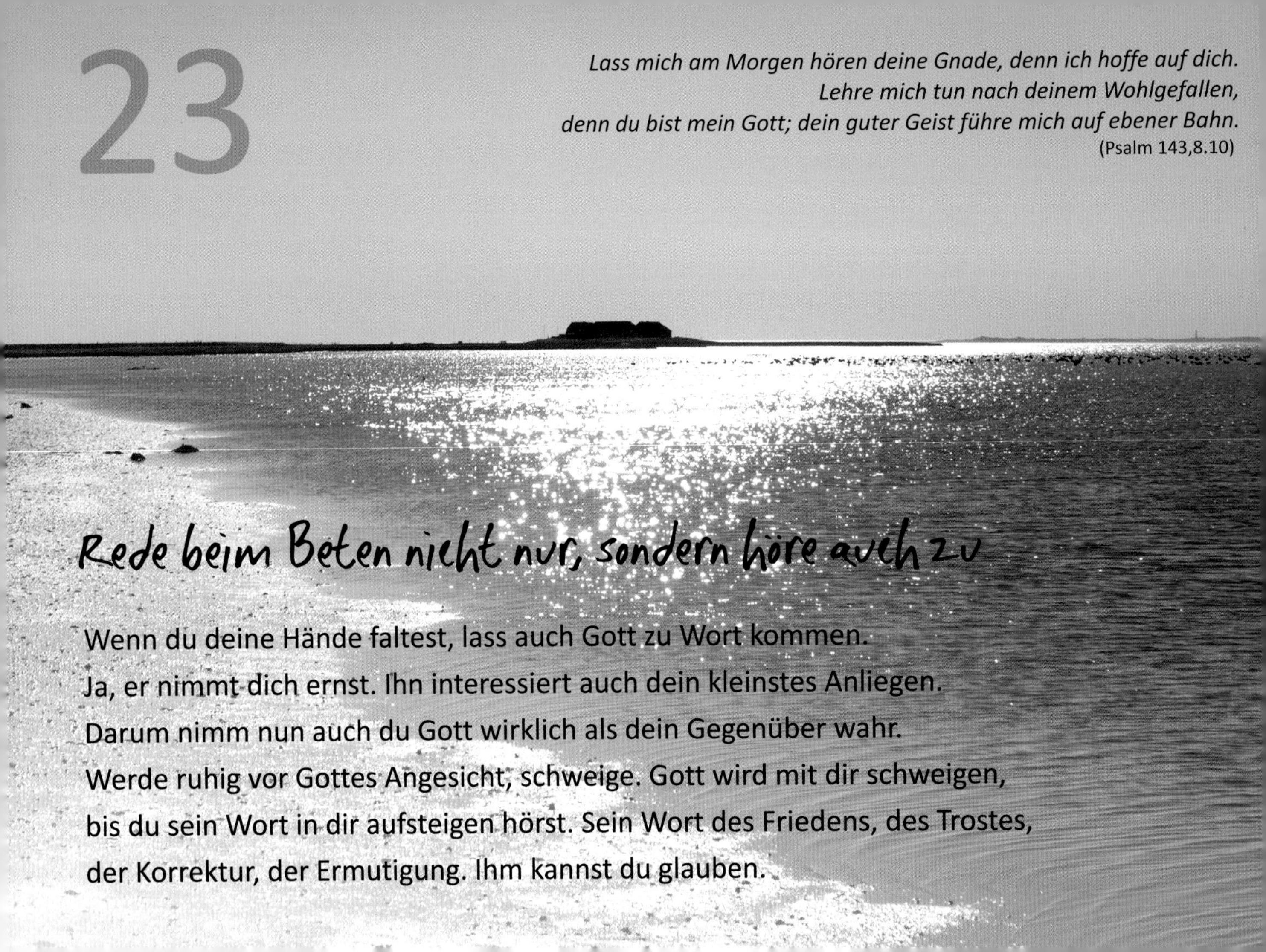

Rede beim Beten nicht nur, sondern höre auch zu

Wenn du deine Hände faltest, lass auch Gott zu Wort kommen.
Ja, er nimmt dich ernst. Ihn interessiert auch dein kleinstes Anliegen.
Darum nimm nun auch du Gott wirklich als dein Gegenüber wahr.
Werde ruhig vor Gottes Angesicht, schweige. Gott wird mit dir schweigen,
bis du sein Wort in dir aufsteigen hörst. Sein Wort des Friedens, des Trostes,
der Korrektur, der Ermutigung. Ihm kannst du glauben.

Up Neenbörger, Nienburger, Platt van Eleonore Meyer

Snack bi 'n Beden nich bloß, hör uk to

Wenn du diene Hänne fohlden daist, laat uk Gott to Woort kamen.
He nimmt di eernst. He will hörn, wat du up'n Harten häst,
un mag dat noch so lütt ween. Dorüm nimm nu uk du wohr,
datt Gott würklich dor is. Weer ruhig vör Gott sien Angesicht,
swieg still. Gott ward mit di swiegen, bit du sien Woort in di upstiegen hörst.
Sien Freden- un Trostwoort.
Sien Woort, dat di säggt, wat nich recht is, dat Mot makt.
Em kanns du glöwen.

Laat mi an'n Mor'n hörn dien Gnaad, ik haap jo up di. Lehr mi, all'ns so to doon, datt du dat lieden magst, du büst jo mien Gott. Dien goden Gaist mag mi stüürn up äben Patt.
(Psalm 143,8.10)

24

Frage dich in einer kniffligen Situation: Was würde Jesus tun?

Du stehst vor einer schweren Entscheidung
und hast dabei „zwei Seelen in deiner Brust"?
Dann höre auf die Stimme von Jesus.
Sie bringt dir Klarheit und klärt dein Gewissen.
Bedenke Jesu Reden und Handeln in den Evangelien.
Die Werte, die er ins Spiel bringt, befördern nachhaltig
das Miteinander. Im Umgang mit anderen rundet
Jesus mit göttlicher Güte auf und nicht ab.
Seine Werte haben Ewigkeitswert.

Ich bin der gute Hirte und kenne die Meinen, und die Meinen kennen mich.
Meine Schafe hören meine Stimme und ich kenne sie, und sie folgen mir.
(Johannes 10,14.27)

Up Platt van Irmgard Meierkamp, Hiddenhausen

Froage dui in oine knibbeligen Situatiäon: Wat woier Jesus deon?

Diu stöss vo oine schwäoern Entschaidung un häs doabui „twoi Sialen in duine Bost“?
Dänn luster moal up de Stimme van Jesus.
Soi bringet dui Kläoerhait un maket duin Gewiarden kläoer.
Hoier up Jesus suin Kuüern un kuik up suin Deon in‘n Nuiggen Testamente.
De Waierte, de hoi int Spierl bringt, send geot fo dat Met‘nanner tüsken de Minsken.
In denn Ümmegeohn met annere riaket Jesus vull met dat Geotsuin van suinen Vadder.
Suine Waierte bluibet van Ewigkoit teo Ewigkoit.

Ik ben de geoe Schaiper un kinne de, de teo mui hoiert, un de, de teo mui hoiert, kinnt mui.
Muine Schoäpe lustert up muine Stimme un ik kinne soi, un soi bluibet bui mui.
(Johannes 10,14.27)

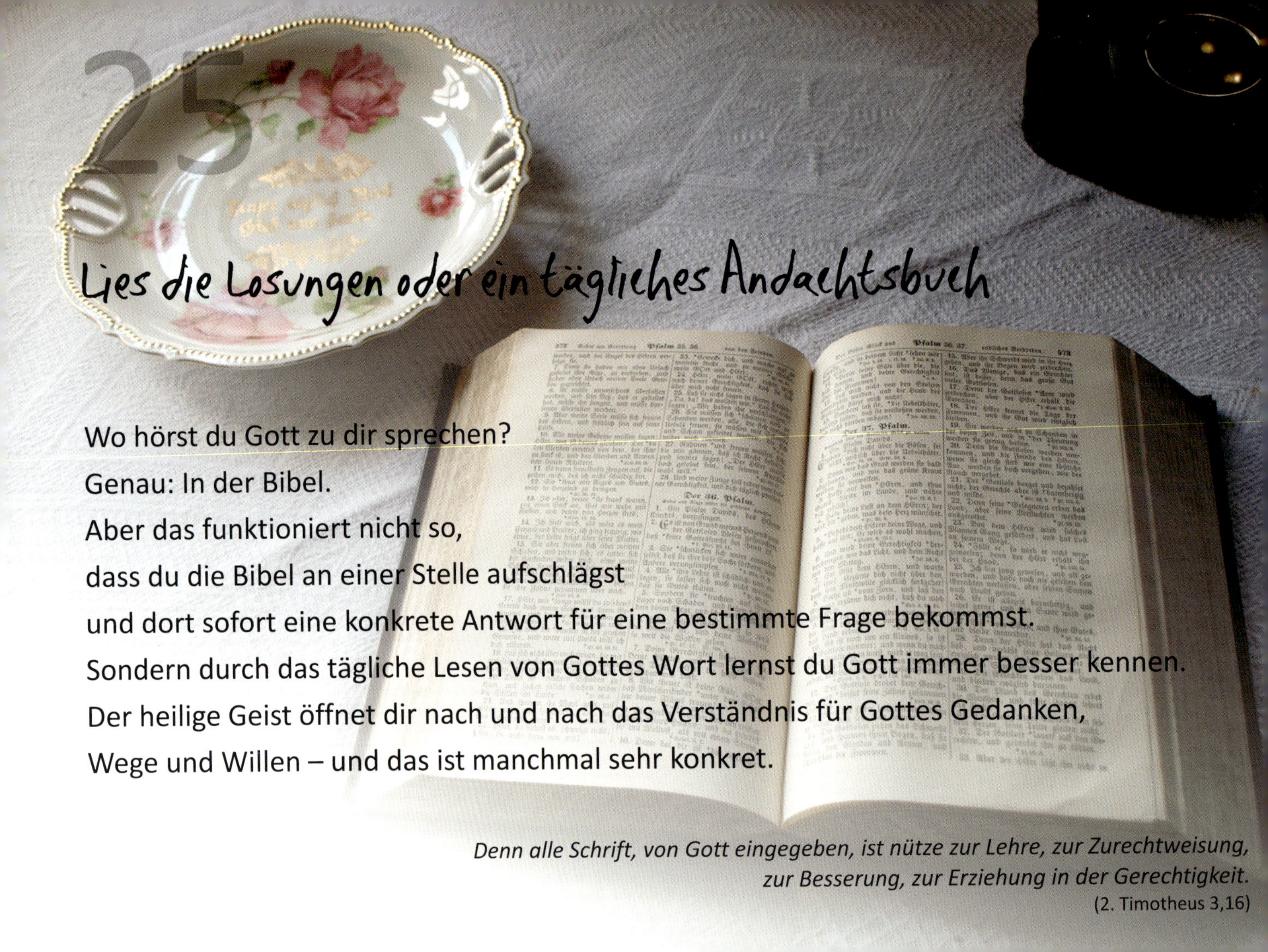

25

Lies die Losungen oder ein tägliches Andachtsbuch

Wo hörst du Gott zu dir sprechen?

Genau: In der Bibel.

Aber das funktioniert nicht so,

dass du die Bibel an einer Stelle aufschlägst

und dort sofort eine konkrete Antwort für eine bestimmte Frage bekommst.

Sondern durch das tägliche Lesen von Gottes Wort lernst du Gott immer besser kennen.

Der heilige Geist öffnet dir nach und nach das Verständnis für Gottes Gedanken,

Wege und Willen – und das ist manchmal sehr konkret.

Denn alle Schrift, von Gott eingegeben, ist nütze zur Lehre, zur Zurechtweisung,
zur Besserung, zur Erziehung in der Gerechtigkeit.
(2. Timotheus 3,16)

Up Vlothoer Platt van Walter Bätz

Lias de Leosungen or Dagg for Dagg oin Andachtsbeok

Wo hoierst diu, datt Gott met dui küert?
Just säo: In de Buibel.
Oaber dat gaiht nich säo,
datt diu de Buibel an oiner Stuie upmaaks
un doa säobutz oine akkroate Anfer for oine gewisse Froage kriggs.
Sonner duüer dat Liasen Dagg for Dagg van dat Wort Gottes
laierst diu Gott jümmer biater kinnen.
De hillige Gaist moakt dui bui lütken dat Kleokwaierden for Gott siene Gedanken,
Wege un Willen – un dat es af un teo düchtig akkroat.

Denn olle Schrift, van Gott ingieben, es nütze teo Laihere, teo Beschaidsäggen,
teo Biäterung, teo Uptucht in de Gerechtigkait.
(2. Timotheus 3,16)

26

Bitte um Vergebung, wenn du jemandem Unrecht getan hast

Wie denkst du über diese Aufgabe?
Vielleicht hat dir jemand, der dir nahe steht, Unrecht getan.
Euer Miteinander ist seitdem vergiftet.
Du erwartest, dass sich der andere bei dir entschuldigt.
Das würde den Weg für euch wieder frei machen.
Bedenke: Ein Hund beißt sich nicht allein.
Und: Der einzige Mensch, den du ändern kannst, bist du selbst.
Wenn du kannst, solltest du den ersten Schritt zur Versöhnung gehen.

Vergebt einer dem anderen, wie auch Gott euch vergeben hat in Christus.
(Epheser 4,32)

Up Hahmer (Haldemer) Platt van Ulrike Gralla

Deo Afbidde, wenn du irgendenen Unrecht daun häs

Wie denkes du üower düsse Upgabe?
Villichte hät di irgendener, de di nohe staiht, Unrecht deon.
Jiu Metainanner es suitdem vodurben.
Du töffs, dat de annere bi di Afbidde doit.
Dat woier denn Wegg fo jiu wier fri maken.
Denke doa an: oin Rüe bitt sik nich ollaine.
Un: de ainzige Minske, denn du ännern kanns, bis du süms.
Wenn du kanns, woier et gout,
wenn du denn ersten Trett touen Vodriagen makes.

Vogif einer denn annern, so wie Gott jiu vogierben häf in Christus.
(Epheser 4,32)

27

Geh mit einem Lächeln durch die Stadt und beobachte die Leute

Sind dir schon mal die angespannten Gesichter aufgefallen,
mit denen viele durch die Stadt hetzen? Man hat es eilig,
man muss sich konzentrieren.
Mach es einfach einmal anders!
Nimm dir die Zeit, vergnügt unterwegs zu sein.
Einfach so.
Entdecke die vielen Liebenswürdigkeiten deiner Stadt.
Der schmucke Hausgiebel,
das ansprechend dekorierte Schaufenster,
der Duft aus dem Bäckerladen.
Und du mittendrin!

Seid allezeit fröhlich.
(1. Thessalonicher 5,16)

Nohvertellt up Bremer Platt van Wolfgang Meyn, Uchte

Goh met oinen Schmüstern düer de Stadt un beobachte de Lüe

Send di all moal de afgespannten Gesichter upfalen,
met de vele dör de Stadt joget? Man hät et ilig,
man mott sik konzentrieren.
Mok du dat doch eenfach moal anners.
Nimm di Tiet, vognoigt unnerwegens to sien.
Eenfach so!
Kiek di in Ruh allet an, wat dat doch för schöne Saken to sehn gift.
De wunnerboaren Giebel an de olen Fachwerkhüser.
Ok so vele nemodske Kledagen achter de Utstellungsfinster.
Denn schönen, finen Geruch ut denn Bäckerloaden.
Un du mittenmang!

Wees olltiet goot gestellt.
(1. Thessalonicher 5,16)

28

Entdecke kleine Momente des Glücks

Wusstest du schon, dass die großen und
bombastischen Glücksgefühle,
Stress für deine Seele bedeuten?
Damit du nicht aus dem Ruder läufst,
ebnet deine Seele diese Erlebnisse ein.
Es lohnt sich also nicht, zwei Jahre für
einen Urlaub auf Mauritius zu knechten.
Nimm dir lieber jeden Tag ein wenig Zeit,
dich an einem Lächeln von einem
Kind zu freuen, über den Anblick
von Schafen auf der Weide,
für ein gutes Gespräch.
Das ist Lebenskunst.

Seht die Vögel unter dem Himmel an: sie säen nicht, sie ernten nicht, sie sammeln nicht in die Scheunen; und euer himmlischer Vater ernährt sie doch. Seid ihr denn nicht viel mehr als sie?
(Matthäus 6,26)

Up St. Quernheimer Platt van Achim Schröder

Käik däi ümme för de lütken Äogenblicke, woa dat Glücke inne sitt

Häs diu oll wusst, datt de greoden un unwäisen Glücksgefoihle bleoß
Hassebassen un Afklabastern för däine Siale beduet?
Doamet datt diu nich teo heoge flüggs, mott däine Siale düt, wat diu beliebes,
ers ens up‘t rechte Moate sedden.
Et leohnt sik olseo nich, twai Jäahre för‘n Urlaub up de Insel Mauritius teo rackern.
nimm däi man laiber jeden Dagg ‘n bieden Täit, dat diu däi uober dat Schmuüstern
van ainen Käine froien kanns, odder wenn diu Schöpe up‘e Wisch suühs,
odder Täit häs, met‘nanner geot teo kurdn.
Dat es de rechten Liebenskunst.

Säi saihet nich, säi hät keine Ardntäit, säi foahrt nicks in üohre Schoppens rin, un iuse Var in‘n Himmel gif ‘n doch teo friaden. Send jäi denn nich viel mähr os säi?
(Matthäus 6,26)

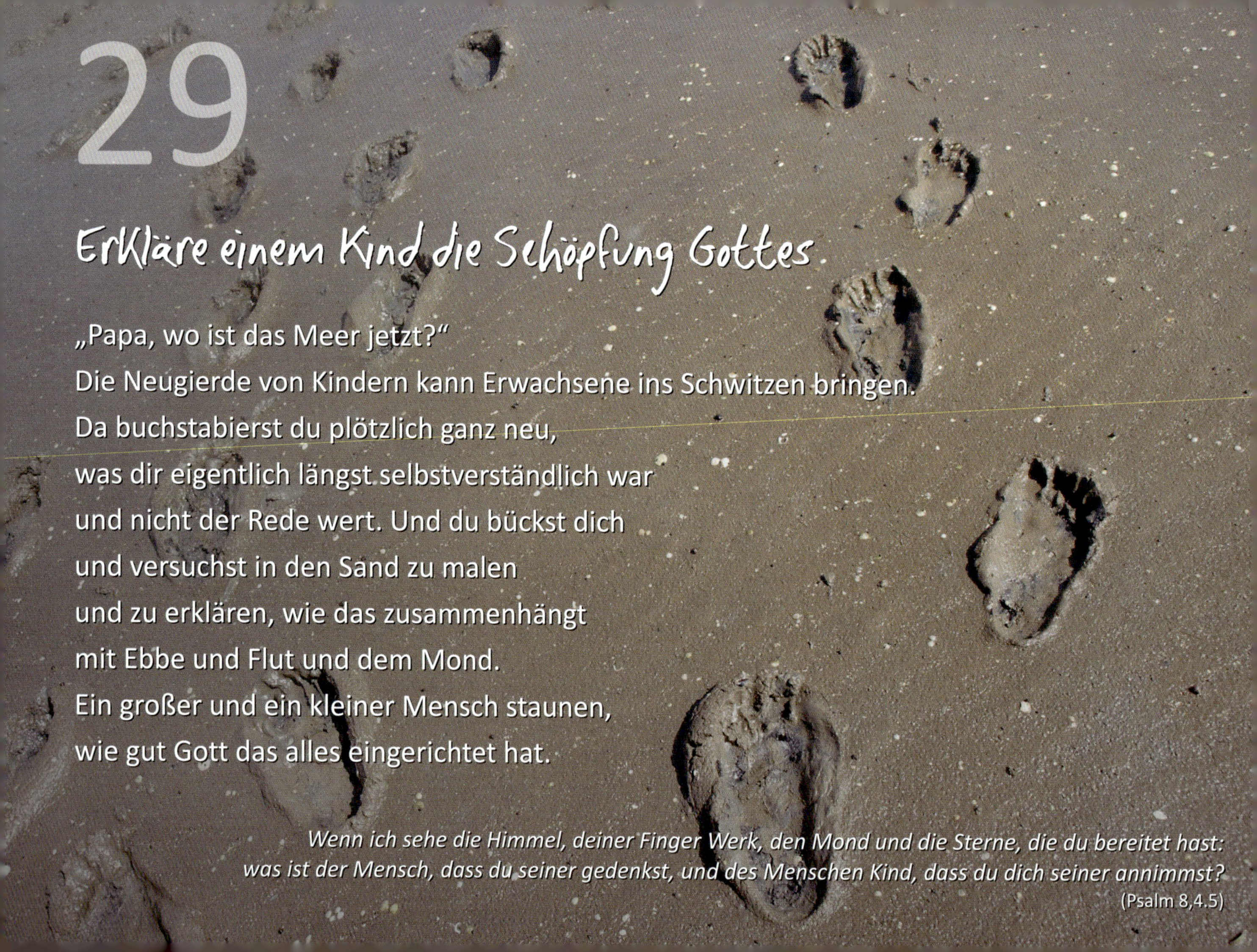

29

Erkläre einem Kind die Schöpfung Gottes

„Papa, wo ist das Meer jetzt?“
Die Neugierde von Kindern kann Erwachsene ins Schwitzen bringen.
Da buchstabierst du plötzlich ganz neu,
was dir eigentlich längst selbstverständlich war
und nicht der Rede wert. Und du bückst dich
und versuchst in den Sand zu malen
und zu erklären, wie das zusammenhängt
mit Ebbe und Flut und dem Mond.
Ein großer und ein kleiner Mensch staunen,
wie gut Gott das alles eingerichtet hat.

Wenn ich sehe die Himmel, deiner Finger Werk, den Mond und die Sterne, die du bereitet hast:
was ist der Mensch, dass du seiner gedenkst, und des Menschen Kind, dass du dich seiner annimmst?
(Psalm 8,4.5)

Up Eidingser (Eidinghauser) Platt van Annegret Sudwischer

Verkloar nen Kiene de Schöpfung Gottes

„Papa, wo es dat Wooter getz?“
De Naidschier van Kinner kann de Öllern schonn in Schwäten bringen.
Diu bäokstabiers up ainmoal ganz nai,
wat di oll lange klor was un nich mähr wert,
datt man dor rober küan mott. Diu bückes di
un versochs in denn Sand täo moalen
un täo verkloarn, wie dat täohaupehangt mit Ebbe un Fläot.
Ain grauten un ain lütken Minsken staunt,
wie Gott dat olles ferdig brocht hät.

Wenn ek saihe denn Himmel, diener Finger Werk, denn Moond un de Sterne, de diu ferdig mokt häs:
wat es de Minske, datt diu an ührne denkes, un de Kinner van düssen Minsken, datt diu di ühr annimms?
(Psalm 8,4.5)

30

Spiele mit Kindern

Wann hast du das letzte Mal mit Kindern gespielt?
Wenn es schon länger her ist,
liegt es bestimmt nicht daran,
dass sie dich nicht mitmachen lassen wollten.
Erlebe die Freude,
beim Mensch-Ärgere-Dich-Nicht
eine Sechs zu würfeln.
Und den Ärger,
wenn du kurz vorm Ziel
rausgeworfen wirst.
Da leuchten Kinderaugen
und dein Herz fühlt sich jung.
Erst wenn du meinst, dass du dafür zu alt bist,
bist du wirklich alt.

Siehe, Kinder sind eine Gabe des HERRN.
(Psalm 127,3)

Up Äkster (Eickhorster) Platt van Kroiges Hannelore (Hannelore Kröger)

Spierle mit Kinnern

Wann häs diu dat leste Moal mit Kinnern spierlt?
Wenn dat schon länger her es, lagg dat bestimmt nich an de Kinner,
de di nich mitspierlen loaten weoln.
Erlierbe de Froide, wenn Mensch-Ärgere-Dich-Nicht spierlt werd
un diu eine Sesse würfelt häs.
Genau sau denn Ärga, wenn diu koart vürn Hüsken riutschmierten wers.
Doa lüchtet Kinneraugen un dien Harte foihlt sik jung.
Ers, wenn diu meins, datt diu doafür teo ault bis,
dänn bis diu ganz bestimmt ault.

Züh, Kinner sind us van iusen Herrgott gierm, ols geoe Goabe.
(Psalm 127,3)

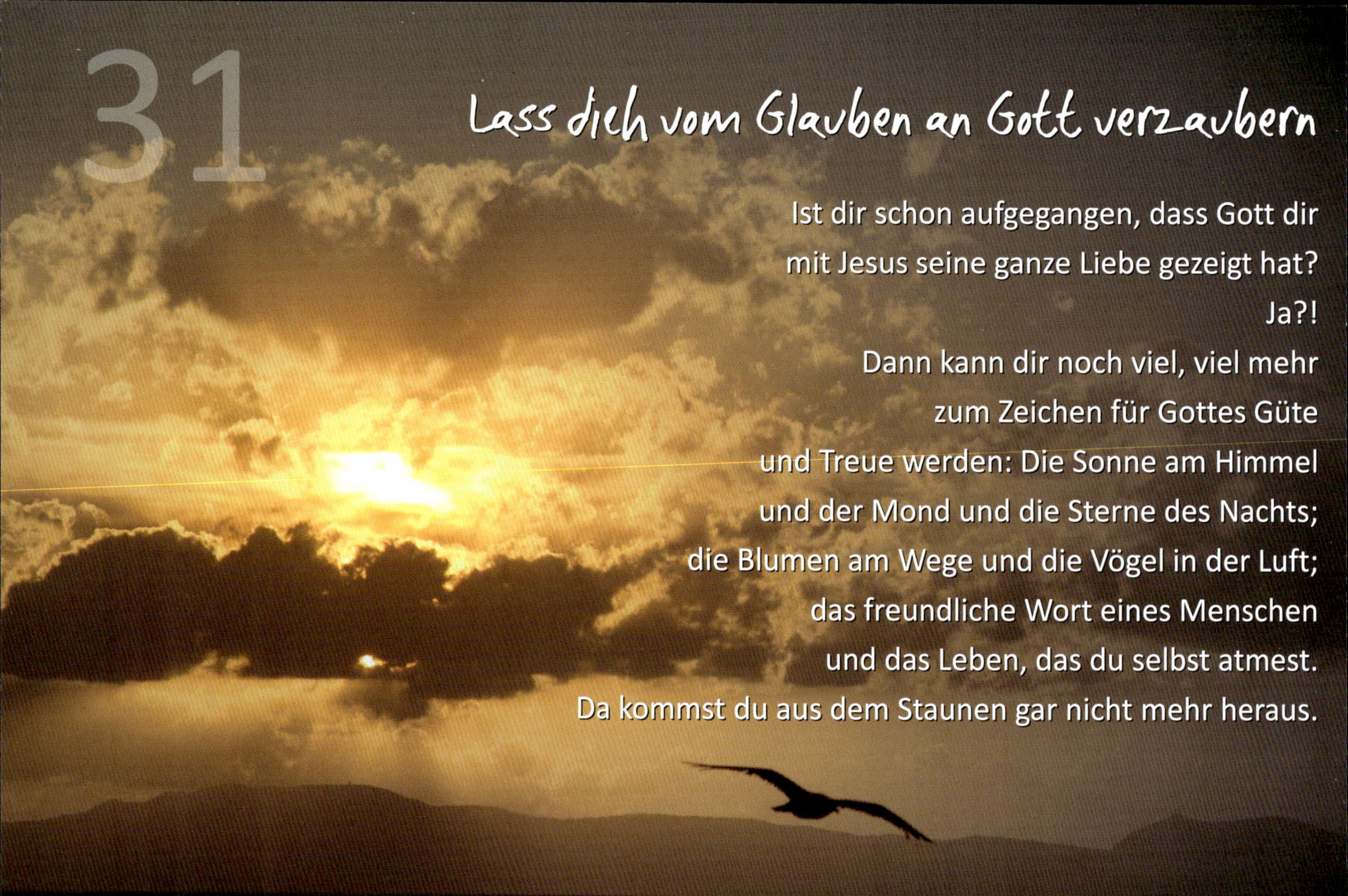

31

Lass dich vom Glauben an Gott verzaubern

Ist dir schon aufgegangen, dass Gott dir
mit Jesus seine ganze Liebe gezeigt hat?
Ja?!
Dann kann dir noch viel, viel mehr
zum Zeichen für Gottes Güte
und Treue werden: Die Sonne am Himmel
und der Mond und die Sterne des Nachts;
die Blumen am Wege und die Vögel in der Luft;
das freundliche Wort eines Menschen
und das Leben, das du selbst atmest.
Da kommst du aus dem Staunen gar nicht mehr heraus.

So könnt ihr mit allen Heiligen begreifen, welches die Breite und die Länge und die Höhe und die Tiefe ist, auch die Liebe Christi erkennen, die alle Erkenntnis übertrifft, damit ihr erfüllt werdet mit der ganzen Gottesfülle.
(Epheser 3,18.19)

Up Platt, wie et inne Keerkengemene Wehme (Wehdem) küert wet, van Erich Schumacher

Laot di van den Glouben an usen Gott begaistern un verännern

Es di oll klaor wurn, datt Gott di
met Jesus siene ganzen Leefde wiest
un di inne Möite kummp?
Dänn kann di no viel mehr toun Teiken wern
fo de Leefde un Treue van Gott.
De Sünne an'n Himmel un de Moand un de Sterne in de Nacht;
de Bloumen an'n Wege un de Vügel in de Luft;
dat fründlike Wort van een annern Minsken un dat Lieben,
dat du no jeden Oahmhalen merkest.
Nu spürst du blous no Wunner ober Wunner.

Soa begripet ji dat met olle anneren Christen, wat dat bedütt, de Bredde un de Längde, un de Deepde, un de Höichte; un doaranne oak begripet de Leefde van Christus, de olle Waishait oberstigg un jue Hatten ganz vull maket van de Leefde un Fülle van Gott.
(Epheser 3,18.19)

Sämtliche Motivfotos von Angelika Böhne-Braun, Hüllhorst

Erläuterung zur Schreibweise und Aussprache

Uns war in diesem Buch wichtig, dass gleichlautende Wörter in den verschiedenen plattdeutschen Dialekten auch gleich geschrieben werden. In der Schreibweise suchten wir die Nähe zum hochdeutschen Wortbild und wandten die Regeln der hochdeutschen Rechtschreibung an.

Hier ein paar Leseanleitungen:

Das hochdeutsche „ei" wird, wenn es denn plattdeutsch auch so gesprochen wird, lautgetreu zu einem „ai". Dadurch gewinnen wir die Möglichkeit, noch zwischen den Zwielauten „e-i" und „ä-i" zu differenzieren.
(zum Beispiel in Fabbenstedt, Nettelstedt, Porta Westfalica-Holzhausen)

Das offene „o" wird durch ein nachgestelltes „a" angezeigt (jedoch in Hille und Hille-Südhemmern z.B. ist „oa" ein Zwielaut).

Wir unterscheiden zwischen dem Artikelwort „dat" und dem Bindewort „datt".

Südlich der Else-Werre-Talung wird das Anlaut-„G" wie „ch" ausgesprochen, das Anlaut- „S" wie „ß". Aus ästhetischen Gründen schreiben wir jedoch immer „G" und „S".

Endungen eines Wortes sind oft ausgeschrieben, obwohl sie beim Sprechen verschluckt werden.
(Beispielsweise bei „häoln" – „häolen")